階段と継母

近岡礼

思潮社

階段と継母

近岡礼

思潮社

目次

本文レイアウト・装幀＝伊勢功治

階段と継母

近岡礼

鴇色に爆発する

わたしを隠すものは誰だ
観葉植物を置いたものは誰だ
わたしを遼へ飛翔させるものは
下りてくる男や子どもたちを舞台役者に演出するこの階段だ

都では桜が満開なのに
この花曇りの鈍重さは肺腑を抉る

焦ってしかるべき年齢に不相応に
何をその上理解しようというのだ
心は肉体を裏切り
肉体は心を裏切らない

階段は幻想し
鴇色に爆発する
わたしはわたしであってわたしでなく
あなたはあなたであってあなただ

どうせ一度は骨灰になるものなら
この静止は必定の予言者だ

出掛けなければならぬ
あらぬ方向へ
しかし階段は言う
俺に任せよと
平行四辺形は万物の基礎で
物事の始原がここにある
階段はマヤの遺跡状に屈強の歩幅を刻み
ここを駆け上がって頂上に到れば雑念の津波が押し寄せているだろう
だからこのまま階段の下にいて黙想しているのだ
中々終わらせてくれない一日一日を
どうやって担いでいこう

埋火を消すのか

あなたは隠れた
観葉植物の陰に――
あなたは春雨に紛れて優しい
そして末広がりに安定して
あの怪奇はどこへ行ったのだ
それが寂しい

夜中の寺が親しい
本堂に一人入って経を誦む
魑魅魍魎が肩を叩く
耳に息を吹きかける

全体を知らぬから憎しみが生まれる
けれど憎しみがないより
憎み続けるほうが関係が深いのだ

小糠雨は花芯に疼く
桜街道を走って螺旋状にここに放り出された
身体中に花弁がくっついて

トイレで払えど払えど便器に盛り上がり
　恥ずかしいところに一枚
　わたしはドアを蹴とばして走った
大変　またもやナルシストになるところだった
　　　誰かいないか！
　　この気怠い灰色の空は
　冬から掌に守ってきた埋火を
　消すのか　消さないのか

大型客船の倦怠

散り急ぐ桜を間近にして
逃亡を心がけたのだった
そして　お、　春はやっぱり夏を背負って
一枚も二枚も　三枚もヴェールを脱ぎ
わたしは頭痛もなく階段の上方にかかる陽をあたかも
永久の約束のごとく吸収し
陽はいやましに濃厚になり
別離の早さに

継母を追い求めるのだった

そして陽は翳り
あたかも何事もなかったかのように
影を引きずっていったものらに
航行する大型客船の倦怠を見てしまった

陽は明るく
暗く　階段を森林のように揺らしている
埋没を忘れられた地上の電線は空を笑い
あゝ　この形象なのだ
元々のビッグバンは
スフィンクスのように歴史的存在なのだ

気紛れであろうと

明るくなった階段に
その上を飛ぶトビ？　カラス？
五月の小糠雨は頬にかかるように冷たい
そしてデフォルメの人獣は戦陣訓を叩き込まれた恐怖と義務で雄々しい
明るくなった階段は脹脛のような膨らみをもって
むしろ拒否してくれたあの頃のほうが良かったのです

でもここが好きで
どのように醜く変形しようと
棘に満ちていようと
継母のように気紛れであろうと
どこに行く当てもないので
来てしまう宿業

ＦＩＣＴＩＯＮであれかし

いつもここは揺るぎなく
存在の密度を持っていた
　　Ａ氏は詩について
ＦＩＣＴＩＯＮであれかし
　　と説いていたから
身の毛のよだつものを一切伏せて
　あゝ　なんと嬉しい

わたしの好きなものが一杯
階段と裏庭と人獣デフォルメと　電線と
それだけで浮き足立ってくるのだった

どうしてなんだろう
移住希望を打ち砕くここが
こんな狭い場所に繋ぎとめられる感覚が
線と断面の組み合わせが
軽やかに宇宙人にしてしまう――
対決を目論んでも
印度から渡ってきた釈尊の悟りのように幾何学的に
忍辱第一にしてしまう

考えてみよう
魚と裏庭とここと
諦念の彼方に
この平行四辺形の階段を上がってゆけば
尊くも美しくもない生の一隅を
握り締めて死んでゆけるのだ

階段が飛び立つ時

久し振りに来たのですが
観葉植物のみがエアコンの風に揺れて歓んでいます
橋を渡ってゆくのは頭だけ見える人です　女性かもしれません
人獣は穏やかにデーモンを下に蓄えて雄々しい

久し振りだったね
無機質の君たちに親しみを覚えるのはどういうことか

灰一色の空も向かってみれば柔らかい
観葉植物の大きい葉は「いえいえ」と甘えた口調です
階段は縦縞の腹を百足か青大将のように沈静しているが
呼吸はしているようだ
階段上に見えるあの　あの青い木は
どういうことだ　幼年時代のように初々しい
わたしは叩かれはしなかった　一度を除いては
片隅にある汚れた階段は
相応に腐って人生を抱えている
ここを上る人は子どもか老人だ
最後に上って落ちる人は秘密のカードだ　新しい発見だ

蝙蝠が飛んでいる
宇宙は蝙蝠であることを
今日の記憶に留めておこう
淫靡な羽根の裏に
生命がこんなに肥沃であることを――
切れ味のいい羽根は
追従を拒絶していて
復活の日と弥勒菩薩応現の日が重なった時が
この階段が飛び立つ時だ

乱射し咆哮する

受け入れを拒絶されても
おゝ　何と　涙ぐましい
階段は大いなる不動の姿勢で慰撫する
究極の拠りどころが　抱いてもザラリとする鮫肌の　無機質であるとは
人獣は階段に向かって乱射し　咆哮する
橋の上に潜水艦のように頭を出したのは誰であったか

蝶が階段に舞う
青い木は盛りを過ぎてもう反芻に入った
生きた百足と青大将が階段を縁取り
ここは密林であり宇宙ステーションなのだ

雨は鬱陶しく肋骨に黴が生え始めた
階段は平たい四辺形なので希望を集約し
蝙蝠の屋根は今飛び立とうと促し始め
待て待て

わたし自身をお前ともう一つのしたい事柄に引き裂いて
我儘に生きてゆくことに
安堵したのだった

橋の上を黒人と見間違う眼鏡の壮年が好奇心で通過し
階段の上から傘を腕に掛けた水色の女性が下りてくる

役者が揃った

不思議だ
どんなに惨めであっても
ここにくれば解放される
階段と電線だ

今日の階段は砂丘だ

鳥取の砂丘がここにあって
崩れる　足元が　上る　太陽が間近く　女は遠のいて　呼んでいる
どうしていつも理由もなく　去ってゆくの

電線は真面目を弛緩する
どうせ人生は愚鈍の淵だ
電線をくすぐるように若い木は葉をそよがせ
常連の曇天が傷ついて　歓ぶ

人獣は大人しく出番を待っている
シルクのブラインドを巻かれて
今は忍従の時だ

いつも憤怒を代弁するもの
マグマを抱えている割には梅雨が苦手であったか

突拍子もないのは蝙蝠だ
あられもない尖った耳を世間に晒し
威嚇しているから
役者が揃った

梅雨明けが近づいた
青い空が雲を食べ
一つには寂しい鰯雲さえ作って――
円い雲が玉に並んで

入道雲が深い穴を掘り
さあ　どこへ出掛けよう

ダブグレイに閉じ

橋の上を行く女性は余りにも現実的で
ただあの高い棒状にあるのは旗ではなくカラスだったのだ
シルバーグレイの雲は遠く
さらに遠のかせるカラスが飛び
窓ガラスに映るカフェ
彼処此処に怒気を吸う階段
どこか歪んでしまった今日の一日を

それでもカラスたちは愉快に遊んでいる広やかな空は
　　　　　　　　　　　　　　風とともに動いて
　　　　　　点灯した階段の明かりは重要だ
　　　やがて電球にたむろしたカラスとともに
　　　　マウスグレイに化粧を始めた映像に
　傘をつき足の悪い女性が階段を上がってゆくと
　　　　　　　　　　　　　決済せぬ憤懣を
　　　　　　持ち越さねばならなかった

　　　　　　　　　　　　天才と狂気の間は
　　　　　ここを引き倒すまで抱き締め
　　どこかに代替する土地を買収するまで

夾雑物を無視してうたた寝するのみだった
　中年の男が万華鏡の形に歩いた後
ダブグレイに企画を閉じねばならなかった

甘えの曲線

怒って、いいことがあるのでしょうか
　　でも怒る人が好きだ
　今日は鋼鉄の色が支配し
昨日はバッハを充分に聴いたから赦す条件が整い
　けれど積み重なったうっぷんが解消せず苛々し
むしろ無機質がおもむろに甘えの曲線を描いていてくれている

バッハとこの暗い景色が似合い
二つの間を迷う人生に新たな展開はない
でも不思議はたまにあって
階段に点灯した明りとともに季節はやってくる
背景に退いた人獣と傘をさす人とカラスと
一瞬の情景は無常の美しさをばら撒いていったのだ

生きようとする誤解

鮮明なる記憶が戻る
人獣よ　鮮明に足跡を残せ
家は壁面を光沢し
朝葱色の空に電線は情緒を撥ね返す
白いスニーカーの女性が階段を駈け上り
左上方の青い空が違和を占有する

電柱よ　発信せよ

アンテナが意気揚々と待ち構えている
橋を横切ってさっきの人間が急いで下りてくる
十二月は焦りを一段と攻め寄せ
階段は縦縞を隙間なく提示する

青い空と白い雲が勝手に食べ始め
不安は生きようとする誤解だった

地軸に応じて

階段よ　変哲もなくなった
　明けた一月に礼拝して
雪も降っていないのにＳＮＯＷ　ＷＨＩＴＥを被り
　わたしと差異を作ろうとする
お前に焼き餅を焼かせるために
　月を見ることにした

昨夜は嵐だったからすぐ隠れたけれど
今日も雷鳴が轟いているから見えないだろうけれど
月は第二の恋人になり得ると直感した

毎晩出掛ける
月の詩を書くために――
心は月から生まれたのだから
お前よりも翻弄するに違いない
滴る情を地軸に応じて撒き散らすに違いない
お前は大蛇のようにのたうち回るのに精一杯だ

あゝ　急に嬉しくなった

カメラと手帳さえあれば時間は永久だ
鬼気迫る月は原初の顔を持っているから
　　魂を抜き取られるまで夜叉だ

犬を連れて散歩する痩せた男が階段の上を通った
そろりそろりと一千メートルの蛇は蠕動し始めた

わたしは形式

久し振りだね　人獣よ
鋼鉄の鎧で固めたお前は今日成就して
隅々まで意思が行き届いて見事だ
階段は行為の後なのか精根尽き果てて弛緩している
ＰＥＡＲＬ　ＧＲＡＹのモノトーンに小糠雨ふり
電線のたわみはキャンバスを抉って鋭利だ

蝙蝠の男根は濡れて雄々しく
眼は蟹のように構えている
濡れそぼつ石畳はブダペストの夜に似
アンテナも日常性を取り戻して数学的だ

ここでは客体が強過ぎるので
主体であるわたしは形式のみだ
この中にどんな人間を入れることも思いつかないほど
わたしは連続性に欠けて貧困なのだ
小糠雨は蕭条と強まり
人獣の足元が異人格になっている

それさえ捨てればいいものを
玉のような友人を数人持てばいいものを
依存することを恥とする小賢しさで
半生を棒に振ってしまった

物質は満ち足りている
石畳を打つ雨を良しとし
振幅と呼吸の大いさで不抜だ

しかし一つの疑問を呈しておこう
人間を生んだものは誰だ
犯罪は宇宙を代弁するものに違いなく

神は自殺のみを賛美していると
読んだことはないのだが――
わたしは宇宙の申し子なのだ

HORIZON BLUE

余程しつこい人間なのだろう
快楽を追求してここに来る

HORIZON　BLUEの空
まだ冷徹な電線のたわみ
一段一段階段は影を持ち
現実を浄化した子どもの上り下り

人獣ははたと旅愁を諦め

けれど昨日よりまだいい
ＳＴＲＡＷの壁は柔らかい陽を受け
救いか　出会いか　恋か
春の息吹がもうどこか草叢に隠れている

わたしたちは共同体だ
本当に哀しい　一人で生きられないことは
人と獣の混合体だから
あなたを罰することなんてできようか
どれだけ背いたとしても

わたしを責めることができようか
階段に別の記憶を呼び出したとしても

何故出てきたのだろうあの人たちは
ロンドンだったか路上で清教徒の青年たちが
剃り上げた青い頭と粗衣で
苦行を自己主張していたのは
何故聖堂に籠っておれないかは
詩を書くことと同じだ

惹きあうものがあるからだ
このカフェ　今は亡き建築家の設計した美術館

配置が恒転如暴流の無意識を掻き回し
　　　ドラマを作り続ける
階段に登場する人物を演出し
毎日来るよう脅迫するのだ

今朝から行方不明の人物とは違って
八個の立体は情念を拒否して微動だにしない
　　　餓鬼になったわたしは
〈間〉に恐怖する風なのだ

森から出てきたように

橋の上を自転車が行ったのです
そして階段の下には濃い影が差し
人獣は森から出てきたように土着的だ
「座禅は人間の修行ではなく人間の廃業である」
を今日のモットーとし　盲目になる
今日は飛ばないのであろう　蝙蝠は規範的であるから

そして永遠のダリがゆっくりと電線に宿り
ここにだけわたしの同胞を探り当てるのです

青い薔薇が刺さって

遠い雲　明らかにそこには旅情があった
〈遥か〉という文字を久し振りに味わった
　　そして空は澄んでいて
広いところへ心は拡散してしまった
　　　　またあれもいない
わたしの行くところは人が避ける
ここは無機物なので足を持たず

逃げるわけにもいかず　だから安心して来られるのか
　　　　　　　感情移入すれば人獣だ
そこには神経が行き渡っていてこの世を解釈している
　　　　　彼の解釈は独特で武器貯蔵庫だ

　　それにしてもわたしという機械はまだ死なぬのか
　　　　　　　首筋は老齢化してたるみ
　　　　　　　　心臓も時々胸苦しい
そして時に自分が認識を放棄しだしていることも危うい
当然だろう　傷ついたＤＮＡに青い薔薇が刺さっている

丘の一歩手前で

二脚の椅子がこっちを向き
隣同士で寄り添うて語り合っている

懺悔しろ……
明日からは雪だというからか
冷たそうな小糠雨が降っている
忘れてはいけない　愚かにも生きている今は自分が無であるように……

何を意思して人を選ぼうというのか
しっかり階段に問うて見るがいい
階段は踏まれ続けても地球に隕石が落ちるまで前後を弁えている
人獣は　過去世の重さに耐えかねた鉄の皮膚を　脱ぐことができない罪に喘ぎ
電柱の電線だってわたしが見詰めるから弛緩の自由を窃視されて　寛げないでいる
歩めばいいのだ
背を丸めていかにも恥辱に喘ぐ困憊の姿で
無条件で受け入れなければ
生きたいわたしは死者の群とさ迷うことになってもいいのか？
違う

それ以上にわたしの背を押し且つ汚れた手を引くのは
あの丘に登れば〈計算外のいのち〉が咲いていたのを垣間見たわたしに
二河白道の賭けを与えたかったからだ

〈懺悔したい病〉に魅入られたわたしは
生き死にも損得も放棄しなければならない歓びと不安に
丘の一歩手前でさめざめと泣いていた

降りてきた偽者

架空の木を植える
地球温暖化に備えて植える？のではない
不自然だからだ
白い空
階段にかろうじて載っている雪
人獣も真冬なので春の期待に胸膨らませ
今日は何故か電柱の電線は第三者だ

孤独の雄叫びをする者こそ勝利者だ
　本当の人間は隠棲しているはずなので
のこのこ里へ降りてきた偽者どもで氾濫している半径

　　　　　　助かった
おどけた空虚な雪が消え消えに降ってきて
さらに激しさを増して季節の上限を辿る

　　　　このような日もあるのだ
〈寒気〉こそ神経を虚脱させることを知って
ブラックホールより畏怖すべきものが登場した

境界の喪失

その人は下りてきたのだった
あの行為の後だ　きっと　あの様子は
人獣が帽子に選んだのは綿雪だった
だからディオニソス的なものは殺がれてしまった
それゆえ鉄には血が通って不覚にも人情を表出してしまった
雪は物憂いものの象徴か

そうではない　一体感というもの　仏教的〈縁起〉という甘え
あるいは境界の喪失　危機の待望
覗いている階段は蛇の本性を尻尾のあたりに漂わせ
春に滑り込もうとする邪心はそれこそ他を圧し
としても　まだまだ揺るがぬ冬の神は風雪をはたいて人獣にも橋にも蛇にも
最後の挑戦状を叩きつけるが
勝敗を決めるのはわたしではない
決断はとても美しい
誰だって託された生命を　本気出せば
過去に遡って荒々しい愛を告白することができるのだ

昼の蛍

蛍の幻影を昼の階段に見る
橋上を若いアベックが通り
　　　　ガラスに映り
あっという間に行ってしまった
　　人獣の周りを蛍が飛ぶ
身体の隙間を無心に飛ぶ
橋上を自転車の男が通り

戻ってきてあっという間に去ってしまった
いかにも怪訝そうに通り過ぎた

今日は日曜日

昼間だというのにあちこちから蛍が湧いて出て
乱舞するのを二重写しに見る
アイスクリームは脂肪に悪いと思いながら
甘くとろけて胃に収まる

夕食は継母と行かなければならない義務を負って
解放される日を待ち望みつつ
蛍のあの時間はいつまで経っても自分のものにならないもどかしさの中で
でも今年は一度見たから

乳を吸引するつもりで蛍そのものになろう　蛍がわたしになってくれるなら
蛍はどこにいるのか

花は血族

桜は一人で見るべきもの……
花曇りの空と言っておこうか
薄暗い北越の色

寂しさの限り見上げる時
桜は嫣然と微笑むのであった

階段はいつもわたしに平衡感覚を与えるのだった
　人獣は今にも解体しそうに部分の集合だった
ずり落ちてくるものを階段はいつも予想している
　　と　空に花びらが舞っているような錯覚

　　　　　記憶はほとんど一人の時
　　　孤独を愛したわけではなかったが
孤独に居場所を与えたのは妖怪な血の流れ
これほどわたしを狂わせる花は血族なのだろう

　　　　　今年は八分ほど満足したが
二分は人間の優しさに邪魔されたのだった

文字を袈裟切りに

今日は祭りだったね
でもここに来た
晴天に雲
階段は蒼穹の形だ
人獣は花曇り
橋壁に日が照り
柱が存在の影を刻む

お丶　今日もここは無人なり
いつからか電線は安らぎの用をなさず
入道雲が一人青春の気を吐いている

久し振りにすっきりしたのは部屋の掃除が終わったからだ
自分を捨てようと思ったのに
ごみ一つない居心地良さに当分生きることにした
来たまえ　崩落よ
永遠という文字を袈裟切りにして
あの噎び泣きを引き千切り
男らしき旅立ちを明日から
真逆様に

紙のごとき鋼鉄

樹の葉はそよりと動きました
　森閑としています
夏ですから　いいえ　まだ梅雨が明けていませんが
　階段は落ち着き払って陽を吸い込み
微かに電線はたわんでいますね　微かにです
　わたしは緊張しているのだろうか

助けたまえ
こんなに幸せなのに　焦っているのは
普通の運命を辿っているはずだが
しっかりと頭を鷲づかみにされているせいか
一番憎き死という奴に……
愛は死を乗り超えられると思っていたが
人獣よ　お前に問うことは酷か
その偽装した紙のごとき鋼鉄よ
ありのままにとろけてゆく汝はわたしをまた
無明の聖域に引き込むのでありましょう

信じる真似

陽は三角に階段を切り
蒼穹の音を立てて空は澄み渡る

黄色い蝶が階段を飛ぶなんて
予兆に満ち満ちていることは
長生きして分かったことだが
まだまだ不信の徒は襞に隠れていて

わたしの死とともに死ぬ運命にあるから
それまで
遠いか近いか知れぬ道程があって

黒い日傘と黒い服の女が階段の上を通った後
風が吹き抜け

不安定で脆いこの神経を
任せてしまおう
もうどうにもならないのだから
揺れる吐き気を宿痾と諦めて
念じもせず

祈りもせず
幼子が親に手を取られて下りてくる

平安を探せ
その中に住んで煩うことなかれ
信じる真似だと言ってくれるな

アッシジの聖フランチェスコ

こんなに穢いお前を見たのは初めてだ
蛇腹模様の階段は歯垢が溜まったように薄黒く
やはり北国の空もどんよりして
十月半ば
今年の猛暑にやられたのか
人獣は甘えたように首をもたげ
それはまさに雌であって

危うく棒立ちするところだった
　こんな日もあるのか
そういえばわたしは疲れている
　息苦しいのだった

と　階段の上方に陽は射し
何か未来が萌してきたぞ
　肉体を凌駕する精神
帰趨するところを今一度見たくて
アッシジの聖フランチェスコを訪ねて
　一月に行くことにしようか

　　　わたしはわたしであってわたしだ
わたしは人間であって神でも仏でもない
ヤドカリであって殻を背負って認められる

わたしはわたしであってわたしではない
　　　　　導かれてあるものだ
　　殻はいい具合に馴染んできた

痴は血よりも濃い

わたしはここで都会の空気を吸う
わたしはここで都会の孤独を味わう

心に刺さった棘のような雲が階段上に広がり
そして相変わらず人間は橋の上を歩く

そこにある草が風に靡くのは美しい

草は優しい挨拶をわたしに向ける
これでいいのかどうか分からない
わたしは運命を預けた

青い服を着た雲は祝祭に出掛けるために顔に厚化粧した
人獣は旅の途中にあって崖の陰に休んでいる

不審の眼をわたしに向けるのはいい
わたしはいつも頽れる者であって
ばらばらの人格はここに来て弥縫する

蝙蝠の性器辺りに雲が臀部になって下りている
あゝ　今日も君たちのお出ましを受けた
　　そして生まれたままに近づき
　　これから世の中に出て攪乱する
痴は血よりも濃いことを立証するために

真っ白な地蔵

おゝ　処女なり
丘陵をのぼる女が手を振る
　何を見ているのか
それをつかんで放さないわたし
覗き見する女は雪を投げた
この造作が宇宙の開闢であり
　黙々と女は雪で造形し

お丶　処女なり　この丘陵をそのまま陰画し
花と降る雪を仰ぐ営みを忘れてはいけない　今日　この時を
まだ黙々と女は雪と遊ぶので
宇宙は動物に生命を与えた

お丶　処女なり　この丘陵は
いつしかここに倒れこんで
女の造形したものを共食いし
処女であることを忘れて旅するであろう

花と降る雪はそれ以上に優しくて

隠れた女を探そうともしなかったが
女は出産した雪だるまをわたしのほうに向けた
雪の真っ白な地蔵は花と降る雪の中にそれこそ不動の生命で今叫びだした

紹介するには恥ずかしい

おゝ　優しき木の葉よ　揺れて
わたしの前に　木の葉の向こうに　君たちはいてくれて
君たちは　紹介するには　恥ずかしい
冬に傷んだ君たちは　自らは　自己主張しない
四季の手に委ねられて　純真に反応する
光には光を　闇には闇を
青には青を　白には白を

今は　そうです　冬に汚れた身体を　乾かすのか　雨に流すのか
もうそろそろ　君たちを見れば浮き足立つ日が来るのだ
君たちは春の息吹きを御香のように撒き散らすので
わたしは病んでいるが　それでも亡霊のようになって
できるだけ寂れた場所を歩いて
出会った桜を　初恋のように眺めれば
次の年に希望を繋げるのだ

君たちの上を歩いて　投げキッスをした女が一人
幻想のように過ぎ去った
君たちがいなければ　踊ろうにも踊れない
誰よりも夢を語らせる君たち

わたしの中からもう逃げずに十年もいてくれる
君たち四、五人を　紹介するには恥ずかしい
どのようにその無機質な化物を形容すればいい
まだ黙っていよう　君たちはわたしより遥かに永遠に生きるものたちだから
わたしの亡き後　君たちを愛するものたちが次々と現れるだろうし

コトバを一本背負いする

お、　あの青い葉が見えて
わたしは納得するのだった　生きていることを
それは階段の上に恥ずかしそうに顔を出し
階段は秋の憂いを薄暗く流し
橋の上には傘を回している二人がいる
電柱の碍子はツバメに見える
霧雨は意図的に乱れ

階段下の植栽の樹も　葉が揺れ
帰りました　何度も言おう
消えたものが復活するのはとんでもなく嬉しい
わたしのコトバに反応し　全身を揺らせているよ　階段の上に見える樹の天辺が
飽くなき欲求　ここは物体のいるところ　血も肉もないものどもとのデート
これほどわたしを解放してくれるものはないので
シュールな遊びに戯れ
コトバを一本背負いする

階段《かいだん》と継母《ままはは》

著者
近岡《ちかおか》 礼《れい》
発行者
小田久郎
発行所
株式会社思潮社
〒一六二―〇八四二　東京都新宿区市谷砂土原町三―十五
電話〇三（三二六七）八一五三（営業）・八一四一（編集）
印刷所
三報社印刷株式会社
製本所
小高製本工業株式会社
発行日
二〇一四年九月二十日